MURAT

PAR

ALEXANDRE DUMAS

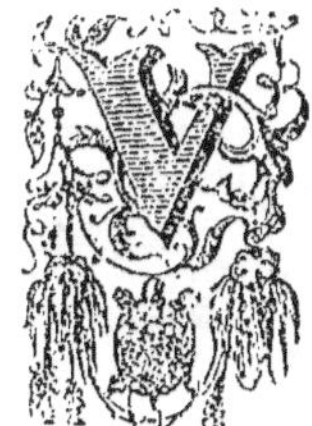

ers cette même époque, c'est-à-dire dans le courant de l'année 1834, lord S. amena un soir le général italien W. T. chez Grisier.

Sa présentation fit événement. Le général T. était non-seulement un homme distingué comme instruction et comme courage, mais encore la part qu'il avait prise à deux événements politiques importants en faisait un personnage historique. Ces deux événements étaient le procès de Murat en 1815 et la révolution de Naples en 1820.

Nommé membre de la commission militaire qui devait juger l'ex-roi Joachim, le général T., alors simple capitaine, avait été envoyé au Pizzo, et, seul parmi tous ses collègues, il avait osé voter contre la peine de mort. Cette conduite avait été considérée comme une trahison, et le capitaine T., menacé à son tour d'un procès, en fut quitte, à grand'peine, pour la perte de son grade et un exil de deux ans à Lipari.

Il était de retour à Naples depuis trois ans, lorsque la révolution de 1820 éclata. Il s'y jeta avec toute l'ardeur de son courage et toute la conscience de ses opinions. Le vicaire général du royaume, le prince François, qui succéda depuis à son père Ferdinand, avait lui-même paru céder franchement au mouvement révolutionnaire ; et un des motifs de la confiance que lui accordèrent alors grand nombre de patriotes fut le choix qu'il fit du capitaine T. pour commander une division de l'armée qui marcha contre les Autrichiens.

On sait comment finit cette campagne. Le général T., abandonné par ses soldats, rentra l'un des derniers à Naples ; il y fut suivi de près par les Autrichiens. Le prince François, fort de leur présence, jugea qu'il était inutile de dissimuler plus longtemps, et il exila, comme rebelles et coupables de haute trahison, ceux dont il avait signé les brevets trois semaines auparavant.

Cependant la proscription n'avait pas été si prompte, que le général n'eût eu le temps, un soir qu'il prenait une glace au café de Tolède, de recevoir une impertinence et de rendre un soufflet. Le souffleté était un colonel autrichien, qui exigea une satisfaction que le général ne demandait pas mieux que de lui accorder. Le colonel fit toutes les conditions, le général n'en discuta aucune ; il en résulta que les préliminaires de l'affaire furent promptement réglés ; la rencontre fut fixée au lendemain. Elle devait avoir lieu à cheval et au sabre.

Le lendemain, à l'heure dite, les adversaires se trouvèrent au rendez-vous ; mais, soit que les témoins se fussent mal expliqués, soit que le général eût oublié l'une des deux conditions du combat, il arriva en fiacre.

Les témoins proposèrent au colonel de se battre à pied ; mais il n'y voulut pas consentir. Le général détella alors un des chevaux du fiacre ; monta dessus sans selle et sans bride, et à la troisième passe tua le colonel.

Ce duel fit grand honneur au courage et au sang-froid du général T. ; mais il ne raccommoda point ses affaires. Huit jours après, il reçut l'ordre de quitter Naples : il n'y est pas rentré depuis.

On devine quelle bonne fortune ce fut pour nous qu'une pareille recrue ; cependant nous y mîmes de la discrétion. Sa première visite se passa en conversation générale ; à la seconde, nous hasardâmes quelques questions ; à la troisième, son fleuret, grâce à notre importunité, ne lui servit plus qu'à

nous tracer des plans de bataille sur le mur ou sur le plancher.

Parmi tous ces récits, il en était un que je désirais plus particulièrement connaître dans tous ses détails ; c'était celui des circonstances qui avaient précédé les derniers instants et accompagné la mort de Murat. Ces détails étaient toujours restés pour nous, sous la Restauration, couverts d'un voile que les susceptibilités royales, plus encore que la distance des lieux, rendaient difficile à soulever; puis la Révolution de juillet était venue, et tant d'événements nouveaux avaient surgi, qu'ils avaient presque fait oublier les anciens. L'ère des souvenirs impériaux était passée depuis que ces souvenirs avaient cessé d'être de l'opposition. Il en résultait que, si je perdais cette occasion d'interroger la tradition vivante, je courais grand risque d'être obligé de m'en rapporter à l'histoire officielle, et je savais trop comment celle-ci se fait pour y avoir recours en pareille occasion. Je laissai donc chacun satisfaire sa curiosité aux dépens de la patience du général T., me promettant de retenir pour moi tout ce qui lui en resterait de disponible après la séance.

En effet, je guettai sa sortie, et, comme nous avions même route à faire, je le reconduisis par le boulevard, et là, seul à seul, j'osai risquer des questions plus intimes sur le fait qui m'intéressait. Le général vit mon désir, et comprit dans quel but je me hasardais à le lui manifester. Alors, avec cette obligeance parfaite que lui savent tous ceux qui l'ont connu :

—Écoutez, me dit-il, de pareils détails ne peuvent se communiquer de vive voix et en un instant ; d'ailleurs, ma mémoire me servît-elle au point que je n'en oubliasse aucun, la vôtre pourrait bien être moins fidèle ; et, si je ne m'abuse, vous ne voulez rien oublier de ce que je vous dirai.

Je lui fis signe en riant que non.

—Eh bien ! continua-t-il, je vous enverrai demain un manuscrit ; vous le déchiffrerez comme vous pourrez, vous le traduirez si bon vous semble; vous le publierez s'il en mérite la peine ; la seule condition que je vous demande, c'est que vous n'y mettiez pas mon nom en toutes lettres, attendu que je serais sûr de ne jamais rentrer à Naples. Quant à l'authenticité, je vous la garantis, car le récit qu'il contient a été rédigé ou sur mes propres souvenirs ou sur des pièces officielles.

C'était plus que je ne pouvais demander ; aussi remerciai-je le général, et lui donnai-je une preuve de l'empressement que j'aurais à le lire en lui faisant promettre formellement de me l'envoyer le lendemain. Le général promit et me tint parole.

C'est donc le manuscrit d'un témoin oculaire, traduit dans toute son énergique fidélité, que nous mettons sous les yeux de nos lecteurs.

I

TOULON.

e 18 juin 1815, à l'heure même où les destinées de l'Europe se décidaient à Waterloo, un homme habillé en mendiant suivait silencieusement la route de Toulon à Marseille. Arrivé à l'entrée des gorges d'Ol-lioulles, il s'arrêta sur une petite éminence qui lui permettait de découvrir tout le paysage qui l'entourait : alors, soit qu'il fût parvenu au terme de son voyage, soit qu'avant de s'engager dans cet âpre et sombre défilé qu'on appelle les Thermopyles de la Provence il voulût jouir encore quelque temps de la vue magnifique qui se déroulait à l'horizon méridional, il alla s'asseoir sur le talus du fossé qui bordait la grande route, tournant le dos aux montagnes qui s'élèvent en amphithéâtre au nord de la ville, et ayant par conséquent à ses pieds une riche plaine, dont la végétation asiatique rassemble, comme dans une serre, des arbres et des plantes inconnus au reste de la France. Au delà de cette plaine resplendissante des derniers rayons du soleil s'étendait la mer, calme et unie comme une glace, et à la surface de l'eau glissait légèrement un seul brick de guerre, qui, profitant d'une fraîche brise de terre, lui ouvrait toutes ses voiles, et, poussé par elles, gagnait rapidement la mer d'Italie. Le mendiant le suivit avidement des yeux jusqu'au moment où il disparut entre la pointe du cap de Gien et la première des îles d'Hyères, puis, dès que la blanche apparition se fut effacée, il poussa un profond soupir, laissa retomber son front entre ses mains, et resta immobile et absorbé dans ses réflexions jusqu'au moment où le bruit d'une cavalcade le fit tressaillir ; il releva aussitôt la tête, secoua ses longs cheveux noirs, comme s'il voulait faire tomber de son front les amères pensées qui l'accablaient, et, fixant les yeux vers l'entrée des gorges, du côté d'où venait le bruit, il en vit bientôt sortir deux cavaliers qu'il reconnut sans doute, car aussitôt, se relevant de toute sa hauteur, il laissa tomber le bâton qu'il tenait à la main, croisa les bras et se tourna vers eux. De leur côté, les nouveaux arrivants l'eurent à peine aperçu qu'ils s'arrêtèrent, et que celui qui marchait le premier descendit de cheval, jeta la bride au bras de son compagnon, et, mettant le chapeau à la main, quoiqu'il fût à plus de cinquante pas de l'homme

aux haillons, s'avança respectueusement vers lui. Le mendiant le laissa approcher d'un air de dignité sombre et sans faire un seul mouvement ; puis, lorsqu'il ne fut plus qu'à une faible distance :

—Eh bien ! monsieur le maréchal, lui dit-il, avez-vous reçu des nouvelles ?

— Oui, sire, répondit tristement celui qui l'interrogeait.

— Et quelles sont-elles ?...

— Telles que j'eusse préféré que tout autre que moi les annonçât à Votre Majesté...

—Ainsi l'empereur refuse mes services ! il oublie les victoires d'Aboukir, d'Eylau, de la Moskowa ?

— Non, sire ; mais il se souvient du traité de Naples, de la prise de Reggio et de la déclaration de guerre au vice-roi d'Italie.

Le mendiant se frappa le front.

—Oui, oui, à ses yeux peut-être ai-je mérité ces reproches ; mais il me semble cependant qu'il devrait se rappeler qu'il y eut deux hommes en moi, le soldat dont il a fait son frère, et son frère dont il a fait un roi... Oui, comme frère, j'eus des torts et de grands torts envers lui ; mais comme roi, sur mon âme ! je ne pouvais faire autrement... Il me fallait choisir entre mon sabre et ma couronne, entre un régiment et un peuple !... Tenez, Brune, vous ne savez pas comment la chose s'est passée ! Il y avait une flotte anglaise dont le canon grondait dans le port ; il y avait une population napolitaine qui hurlait dans les rues. Si j'avais été seul, j'aurais passé avec un bateau au milieu de la flotte ; avec mon sabre au milieu de la foule ; mais j'avais une femme, des enfants. Cependant j'ai hésité, l'idée que l'épithète de traître et de transfuge s'attacherait à mon nom m'a fait verser plus de larmes que ne m'en coûtera jamais la perte de mon trône, et peut-être la mort des êtres que j'aime le plus... Enfin, il ne veut pas de moi, n'est-ce pas ?... Il me refuse comme général, comme capitaine, comme soldat ?... Que me reste-t-il donc à faire ?

—Sire, il faut que Votre Majesté sorte à l'instant de France.

— Et si je n'obéissais pas ?

—Mes ordres sont alors de vous arrêter et de vous livrer à un conseil de guerre !

— Ce que tu ne ferais pas, n'est-ce pas, mon vieux camarade ?

— Ce que je ferais, en priant Dieu de me frapper de mort au moment où j'étendrais la main sur vous !

— Je vous reconnais là, Brune ; vous avez pu rester brave et loyal, vous ! Il ne vous a pas donné un royaume, il ne vous a pas mis autour du front ce cercle de feu qu'on appelle une couronne et qui rend fou ; il ne vous a pas placé entre votre conscience et votre famille. Ainsi il me faut quitter la France, recommencer la vie errante, dire adieu à Toulon, qui me rappelait tant de souvenirs. Tenez, Brune, continua Murat en s'appuyant sur le bras du maréchal, ne voilà-t-il pas des pins aussi beaux que ceux de la villa Pamphile, des palmiers pareils à ceux du Caire, des montagnes qu'on croirait une chaîne du Tyrol? Voyez, à gauche, ce cap de Gien, n'est-ce pas, moins le Vésuve, quelque chose comme Castellamare et Sorrente? Et tenez, Saint-Mandrier, qui ferme là-bas le golfe, ne ressemble-t-il pas à mon rocher de Caprée, que Lamarque a si bien escamoté à cet imbécile d'Hudson Lowe? Ah ! mon Dieu ! et il me faut quitter tout cela ! Il n'y a pas moyen de rester sur ce coin de terre française, dites, Brune ?...

— Sire, vous me faites bien mal ! répondit le maréchal.

— C'est vrai ; ne parlons plus de cela. Quelles nouvelles ?

— L'empereur est parti de Paris pour rejoindre l'armée ; on doit se battre à cette heure...

— On doit se battre à cette heure, et je ne suis pas là ! Oh ! je sens que je lui aurais été cependant bien utile un jour de bataille ! Avec quel plaisir j'aurais chargé sur ces misérables Prussiens et sur ces infâmes Anglais ! Brune, donnez-moi un passe-port, je partirai à franc étrier, j'arriverai où sera l'armée, je me ferai reconnaître à un colonel, je lui dirai : Donnez-moi votre régiment ; je chargerai avec lui, et, si le soir l'empereur ne me tend pas la main, je me brûlerai la cervelle, je vous en donne ma parole d'honneur !... Faites ce que je vous demande, Brune, et, de quelque manière que cela finisse, je vous en aurai une reconnaissance éternelle !

— Je ne puis, sire...

— C'est bien, n'en parlons plus.

— Et Votre Majesté va quitter la France?

— Je ne sais ; du reste, accomplissez vos ordres, maréchal, et, si vous me retrouvez, faites-moi arrêter ; c'est encore un moyen de faire quelque chose pour moi !... La vie m'est aujourd'hui un lourd fardeau, et celui qui m'en délivrera sera le bienvenu... Adieu, Brune.

Et il tendit la main au maréchal ; celui-ci voulut la lui baiser, mais Murat ouvrit ses bras, les deux vieux compagnons se tinrent un instant embrassés, la poitrine gonflée de soupirs, les yeux pleins de larmes ; puis enfin ils se séparèrent. Brune remonta à cheval, Murat reprit son bâton, et ces deux hommes s'éloignèrent chacun de son côté, l'un pour aller se faire assassiner à Avignon, et l'autre pour aller se faire fusiller au Pizzo.

Pendant ce temps, comme Richard III, Napoléon échangeait à Waterloo sa couronne pour un cheval.

Après l'entrevue que nous venons de rapporter, l'ex-roi de Naples se retira chez son neveu, qui se nommait Bonafoux, et qui était capitaine de frégate ; mais cette retraite ne pouvait être que provisoire : la parenté devait éveiller les soupçons de l'autorité. En conséquence, Bonafoux songea à procurer à son oncle un asile plus secret. Il jeta les yeux sur un avocat de ses amis, dont il connaissait l'inflexible probité, et le soir même il se présenta chez lui. Après avoir causé de choses indifférentes, il lui demanda s'il n'avait pas une campagne au bord de la mer, et, sur sa réponse affirmative, il s'invita pour le lendemain à déjeuner chez lui ; la proposition, comme on le pense, fut acceptée avec plaisir.

Le lendemain, à l'heure convenue, Bonafoux arriva à Bonette, c'était le nom de la maison de campagne qu'habitaient la femme et la fille de M. Marouin. Quant à lui, attaché au barreau de Toulon, il était obligé de rester dans cette ville. Après les premiers compliments d'usage, Bonafoux s'avança vers la fenêtre, et faisant signe à Marouin de le rejoindre :

— Je croyais, lui dit-il avec inquiétude, que votre campagne était située plus près de la mer.

— Nous en sommes à dix minutes de chemin à peine.

— Mais on ne l'aperçoit pas !

— C'est cette colline qui nous empêche de la voir.

— En attendant le déjeuner, voulez-vous que nous allions faire un tour sur la côte?

— Volontiers. Votre cheval n'est pas encore dessellé, je vais faire mettre la selle au mien, et je viens vous reprendre.

Marouin sortit. Bonafoux resta devant la fenêtre, absorbé dans ses pensées. Au reste, les maîtresses de la maison, distraites par les préparatifs du déjeuner, ne remarquèrent point ou ne parurent point remarquer sa préoccupation. Au bout de cinq minutes, Marouin rentra ; tout était prêt. L'avocat et son hôte montèrent à cheval et se dirigèrent rapidement vers la mer. Arrivé sur la grève, le capitaine ralentit le pas de sa monture, et, longeant la plage pendant une demi-heure à peu près, il parut apporter la plus grande attention au gisement des côtes. Marouin le suivait sans lui faire de question sur cet examen, que la qualité d'officier de marine rendait tout naturel. Enfin, après une heure de marche, les deux convives rentrèrent à la maison de campagne. Marouin voulut faire desseller les chevaux ; mais Bonafoux s'y opposa, disant qu'aussitôt après le déjeuner il était obligé de retourner à Toulon. Effectivement, à peine le café était-il enlevé que le capitaine se leva et prit congé de ses hôtes. Marouin, rappelé à la ville par ses affaires, monta à cheval avec lui, et les deux amis reprirent ensemble le chemin de Toulon.

Au bout de dix minutes de marche, Bonafoux se

— J'ai quelque chose de grave à vous dire, un secret important à vous confier.

rapprocha de son compagnon de route, et, lui appuyant la main sur la cuisse :

— Marouin, lui dit-il, j'ai quelque chose de grave à vous dire, un secret important à vous confier.

— Dites, capitaine. Après les confesseurs, vous savez qu'il n'y a rien de plus discret que les notaires, et après les notaires que les avocats.

— Vous pensez bien que je ne suis pas venu à votre campagne pour le seul plaisir de faire une promenade. Un objet plus important, une responsabilité plus sérieuse, me préoccupent, et je vous ai choisi entre tous mes amis, pensant que vous m'étiez assez dévoué pour me rendre un grand service.

— Vous avez bien fait, capitaine.

— Venons au fait clairement et rapidement, comme il convient de le faire entre hommes qui s'estiment et qui comptent l'un sur l'autre. Mon oncle, le roi Joachim, est proscrit; il est caché chez moi, mais il ne peut y rester, car je suis la première personne chez laquelle on viendra faire visite. Votre campagne est isolée, et, par conséquent, on ne peut plus convenable pour lui servir de retraite. Il faut que vous la mettiez à notre disposition jusqu'au moment où les événements permettront au roi de prendre une détermination quelconque.

— Vous pouvez en disposer, dit Marouin.

— C'est bien ; mon oncle y viendra coucher cette nuit.

— Mais donnez-moi le temps au moins de la rendre digne de l'hôte royal que je vais avoir l'honneur de recevoir.

— Mon pauvre Marouin, vous vous donneriez une peine inutile, et vous nous imposeriez un retard fâcheux. Le roi Joachim a perdu l'habitude des palais et des courtisans ; il est trop heureux aujourd'hui quand il trouve une chaumière et un ami ; d'ailleurs je l'ai prévenu, tant d'avance j'étais sûr de votre réponse. Il compte coucher chez vous ce soir ; si maintenant j'essayais de changer quelque chose à sa détermination, il verrait un refus dans ce qui ne serait qu'un délai, et vous perdriez tout le mérite de votre belle et bonne action. Ainsi, c'est chose dite : ce soir, à dix heures, au Champ-de-Mars.

A ces mots, le capitaine mit son cheval au galop et disparut. Marouin fit tourner bride au sien, et revint à sa campagne donner les ordres nécessaires à la réception d'un étranger dont il ne dit pas le nom.

A dix heures du soir, ainsi que la chose avait été convenue, Marouin était au Champ-de-Mars, encombré alors par l'artillerie de campagne du maréchal Brune. Personne n'était arrivé encore. Il se promenait entre les caissons, lorsque le factionnaire vint à lui et lui demanda ce qu'il faisait. La réponse était assez difficile : on ne se promène guère pour son plaisir à dix heures du soir au milieu d'un parc d'artillerie ; aussi demanda-t-il à parler au chef du poste. L'officier s'avança : M. Marouin se fit reconnaître à lui pour avocat, adjoint au maire de la ville de Toulon, lui dit qu'il avait donné rendez-vous à quelqu'un au Champ-de-Mars, ignorant que ce fût chose défendue, et qu'il attendait cette personne. En conséquence de cette explication, l'officier l'autorisa à rester et rentra au poste. Quant à la sentinelle, fidèle observatrice de la subordination, elle continua sa promenade mesurée sans s'inquiéter davantage de la présence d'un étranger.

Quelques minutes après, un groupe de plusieurs personnes parut du côté des Lices. Le ciel était magnifique, la lune brillante. Marouin reconnut Bonafoux et s'avança vers lui. Le capitaine lui prit aussitôt la main, le conduisit au roi, et, s'adressant successivement à chacun d'eux : « Sire, dit-il, voici l'ami dont je vous ai parlé. » Puis, se retournant vers Marouin : « Et vous, lui dit-il, voici le roi de Naples, proscrit et fugitif, que je vous confie. Je ne parle pas de la possibilité qu'il reprenne un jour sa couronne ; ce serait vous ôter tout le mérite de votre belle action... Maintenant servez-lui de guide, nous vous suivrons de loin, marchez. »

Le roi et l'avocat se mirent en route aussitôt. Murat était alors vêtu d'une redingote bleue, moitié militaire, moitié civile, et boutonnée jusqu'en haut ; il avait un pantalon blanc et des bottes à éperons.

Il portait les cheveux longs, de larges moustaches et d'épais favoris qui lui faisaient le tour du cou. Tout le long de la route il interrogea son hôte sur la situation de la campagne qu'il allait habiter et sur la facilité qu'il aurait, en cas d'alerte, à gagner la mer. Vers minuit, le roi et Marouin arrivèrent à Bonette ; la suite royale les rejoignit au bout de dix minutes : elle se composait d'une trentaine de personnes. Après avoir pris quelques rafraîchissements, cette petite troupe, dernière cour du roi déchu, se retira pour se disperser dans la ville et ses environs, et Murat resta seul avec les femmes, ne gardant auprès de lui qu'un seul valet de chambre nommé Leblanc.

Murat resta un mois à peu près dans cette solitude, occupant toutes ses journées à répondre aux journaux qui l'avaient accusé de trahison envers l'empereur. Cette accusation était sa préoccupation, son fantôme, son spectre : jour et nuit il essayait de l'écarter, en cherchant dans la position difficile où il s'était trouvé toutes les raisons qu'elle pouvait lui offrir d'agir comme il avait agi. Pendant ce temps, la désastreuse nouvelle de la défaite de Waterloo s'était répandue. L'empereur, qui venait de proscrire, était proscrit lui-même, et il attendait à Rochefort, comme Murat à Toulon, ce que les ennemis allaient décider de lui. On ignore encore à quelle voix intérieure a cédé Napoléon lorsque, repoussant les conseils du général Lallemand et le dévouement du capitaine Bodin, il préféra l'Angleterre à l'Amérique, et s'en alla, moderne Prométhée, s'étendre sur le rocher de Sainte-Hélène. Nous allons dire, nous, quelle circonstance fortuite conduisit Murat dans les fossés de Pizzo ; puis nous laisserons les fatalistes tirer de cette étrange histoire telle déduction philosophique qu'il leur plaira. Quant à nous, simple annaliste, nous ne pouvons que répondre de l'exactitude des faits que nous avons déjà racontés et de ceux qui vont suivre.

Le roi Louis XVIII était remonté sur le trône ; tout espoir de rester en France était donc perdu pour Murat ; il fallait partir. Son neveu Bonafoux fréta un brick pour les États-Unis, sous le nom du prince Rocca Romana. Toute la suite se rendit à bord, et l'on commença d'y faire transporter les objets précieux que le proscrit avait pu sauver dans le naufrage de sa royauté. D'abord ce fut un sac d'or pesant cent livres à peu près, une garde d'épée sur laquelle étaient les portraits du roi, de la reine et de ses enfants, et les actes de l'état civil de sa famille, reliés en velours et ornés de ses armes. Quant à Murat, il avait gardé sur lui une ceinture dans laquelle était, entre quelques papiers précieux, une vingtaine de diamants démontés qu'il estimait lui-même à une valeur de quatre millions.

Tous ces préparatifs de départ arrêtés, il fut convenu que le lendemain, 1er août, à cinq heures du matin, la barque du brick viendrait chercher le roi dans une petite baie distante de dix minutes de chemin de la maison de campagne qu'il habitait. Le roi passa la nuit à tracer à M. Marouin un itinéraire à l'aide duquel il devait arriver jusqu'à la reine, qui alors était, je crois, en Autriche. Au moment de partir, il fut terminé, et, en quittant le seuil de cette maison hospitalière où il avait trouvé un refuge, il le remit à son hôte avec un volume de Voltaire que son édition stéréotype rendait portatif. Au bas du conte de *Micromégas*, le roi avait écrit :

« Tranquillise-toi, ma chère Caroline; quoique bien malheureux, je suis libre. Je pars sans savoir où je vais; mais, partout où j'irai, mon cœur sera à toi et à mes enfants.   J. M. »

Dix minutes après, Murat et son hôte attendaient sur la plage de Bonette l'arrivée du canot qui devait conduire le fugitif à son bâtiment.

Ils attendirent ainsi jusqu'à midi, et rien ne parut, et cependant ils voyaient à l'horizon le brick sauveur qui, ne pouvant tenir l'ancre à cause de la profondeur de la mer, courait des bordées, au risque, par cette manœuvre, de donner l'éveil aux sentinelles de la côte. A midi, le roi, écrasé de fatigue, brûlé par le soleil, était couché sur la plage lorsqu'un domestique arriva portant quelques rafraîchissements, que madame Marouin, inquiète, envoyait à tout hasard à son mari. Le roi prit un verre d'eau rougie, mangea une orange, se releva un instant pour regarder si, dans l'immensité de cette mer, il ne verrait pas venir à lui la barque qu'il attendait. La mer était déserte, et le brick seul se courbait gracieusement à l'horizon, impatient de partir comme un cheval qui attend son maître.

Le roi poussa un soupir et se recoucha sur le sable. Le domestique retourna à Bonette avec l'ordre d'envoyer à la plage le frère de M. Marouin. Un quart d'heure après, il arrivait, et presque aussitôt il repartait à grande course de cheval pour Toulon, afin de savoir de M. Bonafoux la cause qui avait empêché la barque de venir prendre le roi. En arrivant chez le capitaine, il trouva la maison envahie par la force armée; on faisait une visite domiciliaire dont Murat était l'objet. Le messager parvint enfin au milieu du tumulte jusqu'à celui auprès duquel il était envoyé, et là il apprit que le canot était parti à l'heure convenue, et qu'il fallait qu'il se fût égaré dans les calanges de Saint-Louis et de Sainte-Marguerite. C'est en effet ce qui était arrivé. A cinq heures, M. Marouin rapportait ces nouvelles à son frère et au roi. Elles étaient embarrassantes. Le roi n'avait plus le courage de défendre sa vie, même par la fuite; il était dans un de ces moments d'abattement qui saisissent parfois l'homme le plus fort, incapable d'émettre une opinion pour sa propre sûreté, et laissant M. Marouin maître d'y pourvoir comme bon lui semblerait. En ce moment un pêcheur rentrait en chantant dans le port. Marouin lui fit signe de venir, il obéit.

Marouin commença par acheter à cet homme tout le poisson qu'il avait pris; puis, après qu'il l'eut payé avec quelques pièces de monnaie, il fit briller de l'or à ses yeux, et lui offrit trois louis s'il voulait conduire un passager au brick que l'on apercevait en face de la Croix-des-Signaux. Le pêcheur accepta. Cette chance de salut rendit à l'instant même toutes ses forces à Murat; il se leva, embrassa M. Marouin, lui recommanda d'aller trouver sa femme et de lui remettre le volume de Voltaire, puis il s'élança dans la barque, qui s'éloigna aussitôt.

Elle était déjà à quelque distance de la côte lorsque le roi arrêta le rameur et fit signe à Marouin qu'il avait oublié quelque chose. En effet, sur la plage était un sac de nuit dans lequel Murat avait renfermé une magnifique paire de pistolets montés en vermeil, qui lui avait été donnée par la reine, et à laquelle il tenait prodigieusement. A peine fut-il à la portée de la voix, qu'il indiqua à son hôte le motif de son retour. Celui-ci prit aussitôt la valise, et, sans attendre que Murat touchât terre, il la lui jeta de la plage dans le bateau; en tombant, le sac de nuit s'ouvrit, et un des pistolets en sortit. Le pêcheur ne jeta qu'un coup d'œil sur l'arme royale, mais ce fut assez pour qu'il remarquât sa richesse et qu'il conçût des soupçons. Il n'en continua pas moins de ramer vers le bâtiment. M. Marouin, le voyant s'éloigner; laissa son frère sur la côte, et, saluant une dernière fois le roi, qui lui rendit son salut, retourna vers la maison pour calmer les inquiétudes de sa femme et prendre lui-même quelques heures de repos, dont il avait grand besoin.

Deux heures après, il fut réveillé par une visite domiciliaire; sa maison, à son tour, était envahie par la gendarmerie. On chercha de tous les côtés sans trouver trace du roi. Au moment où les recherches étaient le plus acharnées, son frère rentra; Marouin le regarda en souriant, car il croyait le roi sauvé; mais, à l'expression du visage de l'arrivant, il vit qu'il était advenu quelque nouveau malheur. Aussi, au premier moment de relâche que lui donnèrent les visiteurs, il s'approcha de son frère : — Eh bien! dit-il, le roi est à bord, j'espère? — Le roi est à cinquante pas d'ici, caché dans la masure. — Pourquoi est-il revenu? — Le pêcheur a prétexté un gros temps, et a refusé de le conduire jusqu'au brick. — Le misérable!

Les gendarmes rentrèrent.

Toute la nuit se passa en visites infructueuses dans la maison et ses dépendances; plusieurs fois ceux qui cherchaient le roi passèrent à quelques pas de lui, et Murat put entendre leurs menaces et leurs imprécations. Enfin, une demi-heure avant le jour, ils se retirèrent. Marouin les laissa s'éloigner, et, aussitôt qu'il les eut perdus de vue, il courut à l'endroit où devait être le roi. Il le trouva couché dans un enfoncement et tenant un pistolet de chaque main. Le malheureux n'avait pu résister à la

— Pourquoi est-il revenu? — Le pêcheur a prétexté un gros temps. — Page 7.

fatigue et s'était endormi. Il hésita un instant à le rendre à cette vie errante et tourmentée; mais il n'y avait pas une minute à perdre. Il le réveilla.

Aussitôt ils s'acheminèrent vers la côte; le brouillard matinal s'étendait sur la mer. On ne pouvait distinguer à deux cents pas de distance : ils furent obligés d'attendre. Enfin les premiers rayons du soleil commencèrent à attirer à eux cette vapeur nocturne; elle se déchira, glissant sur la mer, pareille aux nuages qui glissent au ciel. L'œil avide du roi plongeait dans chacune des vallées humides qui se creusaient devant lui, sans y rien distinguer; cependant il espérait toujours que derrière ce rideau mobile il finirait par apercevoir le brick sauveur. Peu à peu l'horizon s'éclaircit; de légères vapeurs, semblables à des fumées, coururent encore quelque temps à la surface de la mer, et dans chacune d'elles le roi croyait reconnaître les voiles blanches de son vaisseau. Enfin la dernière s'effaça lentement, la mer se révéla dans toute son immensité; elle était déserte. Le brick, n'osant attendre plus longtemps, était parti pendant la nuit.

— Allons, dit le roi en se retournant vers son hôte, le sort en est jeté, j'irai en Corse.

Le même jour, le maréchal Brune était assassiné à Avignon.

II

LA CORSE.

est encore sur cette même plage de Bonette, dans cette même baie où nous l'avons vu attendre inutilement le canot de son brick, que, toujours accompagné de son hôte fidèle, nous allons retrouver Murat le 22 août de la même année. Ce n'était plus alors par Napoléon qu'il était menacé, c'est par Louis XVIII qu'il était proscrit : ce n'était plus la loyauté militaire de Brune qui venait, les larmes aux yeux, lui signifier les ordres qu'il avait reçus, c'était l'ingratitude haineuse de M. de Rivière, qui mettait à prix la tête de celui qui avait sauvé la sienne. M. de Rivière avait bien écrit à l'ex-roi de Naples de s'abandonner à la bonne foi et à l'humanité du roi de France, mais cette vague invitation n'avait point paru au proscrit une garantie suffisante, surtout de la part d'un homme qui venait de laisser égorger, presque sous ses yeux, un maréchal de France porteur d'un sauf-conduit signé de sa main. Murat savait le massacre des mameluks à Marseille, l'assassinat de Brune à Avignon ; il avait été prévenu la veille par le commissaire de police de Toulon que l'ordre formel avait été donné de l'arrêter : il n'y avait donc pas moyen de rester plus longtemps en France. La Corse, avec ses villes hospitalières, ses montagnes amies et ses forêts impénétrables, était à cinquante lieues à peine ; il fallait gagner la Corse, et attendre dans ses villes, dans ses montagnes ou dans ses forêts, ce que les rois décideraient relativement au sort de celui qu'ils avaient appelé sept ans leur frère.

A dix heures du soir, le roi descendit sur la plage. Le bateau qui devait l'emporter n'était pas encore au rendez-vous ; mais, cette fois, il n'y avait aucune crainte qu'il y manquât ; la baie avait été reconnue, pendant la journée, par trois amis dévoués à la fortune adverse : c'étaient MM. Blancard, Langlade et Donadieu, tous trois officiers de marine, hommes de tête et de cœur, qui s'étaient engagés sur leur vie à conduire Murat en Corse, et qui en effet allaient exposer leur vie pour accomplir leur promesse. Murat vit donc sans inquiétude la plage déserte : ce retard, au contraire, lui donnait quelques instants de joie filiale. Sur ce bout de terra, sur cette langue de sable, le malheureux proscrit se cramponnait encore à la France, sa mère, tandis que, une fois le pied posé sur ce bâtiment qui allait l'emporter, la séparation devait être longue, sinon éternelle.

Au milieu de ces pensées, il tressaillit tout à coup et poussa un soupir : il venait d'apercevoir, dans l'obscurité transparente de la nuit méridionale, une voile glissant sur les vagues comme un fantôme. Bientôt un chant de marin se fit entendre ; Murat reconnut le signal convenu, il y répondit en brûlant l'amorce d'un pistolet, et aussitôt la barque se dirigea vers la terre ; mais, comme elle tirait trois pieds d'eau, elle fut forcée de s'arrêter à dix ou douze pas de la plage ; deux hommes se jetèrent aussitôt à la mer et gagnèrent le bord, le troisième resta enveloppé dans son manteau et couché près du gouvernail.

— Eh bien ! mes braves amis, dit le roi en allant au-devant de Blancard et de Langlade jusqu'à ce qu'il sentît la vague mouiller ses pieds, le moment est arrivé, n'est-ce pas ? Le vent est bon, la mer calme ; il faut partir. — Oui, répondit Langlade, oui, sire, il faut partir, et peut-être cependant serait-il plus sage de remettre la chose à demain. — Pourquoi ? reprit Murat.

Langlade ne répondit point ; mais, se tournant vers le couchant, il leva la main, et, selon l'habitude des marins, il siffla pour appeler le vent.

— C'est inutile, dit Donadieu, qui était resté dans la barque, voici les premières bouffées qui arrivent, bientôt tu en auras à n'en savoir que faire . Prends garde, Langlade, prends garde ; parfois en appelant le vent on éveille la tempête. — Murat tressaillit, car il semblait que cet avis, qui s'élevait de la mer, lui était donné par l'esprit des eaux ; mais l'impression fut courte, et il se remit à l'instant. — Tant mieux, dit-il, plus nous aurons de vent, plus nous marcherons vite. — Oui, répondit Langlade, seulement Dieu sait où il nous conduira, s'il continue à tourner ainsi. — Ne partez pas cette nuit, sire, dit Blancard, joignant son avis à celui de ses deux compagnons. — Mais enfin, pourquoi cela ? — Parce que, vous voyez cette ligne noire, n'est-ce pas ? eh bien ! au coucher du soleil, elle était à peine visible, la voilà maintenant qui couvre une partie de l'horizon ; dans une heure, il n'y aura plus une étoile au ciel. — Avez-vous peur ? dit Murat. — Peur ! répondit Langlade, et de quoi ? de l'orage ? il haussa les épaules. C'est à peu près comme si je demandais à Votre Majesté si elle a peur d'un boulet de canon... Ce que nous en disons, c'est pour vous, sire ; mais que voulez-vous que fasse l'orage à des chiens de mer comme nous ? — Partons donc ! s'écria Murat en poussant un soupir. Adieu, Marouin... Dieu seul peut vous récompenser de ce que vous avez fait pour moi. Je suis à vos ordres, messieurs.

A ces mots, les deux marins saisirent le roi chacun par une cuisse, et, l'élevant sur leurs épaules, ils entrèrent aussitôt dans la mer ; en un instant il fut à bord ; Langlade et Blancard montèrent derrière lui, Donadieu resta au gouvernail ; les deux autres officiers se chargèrent de la manœuvre et commencèrent leur service en déployant les voiles. Aussitôt, comme un cheval qui sent l'éperon, la petite barque sembla s'animer ; les marins jetèrent un coup d'œil insoucieux vers la terre, et Murat, sentant qu'il s'éloignait, se retourna du côté de son hôte et lui cria une dernière fois : — Vous avez votre itinéraire jusqu'à Trieste... N'oubliez pas ma femme !.. Adieu !... Adieu !... — Dieu vous garde, sire ! murmura Marouin. — Et quelque temps encore, grâce à la voile blanche qui se dessinait dans l'ombre, il put suivre des yeux la barque qui s'éloignait rapidement ; enfin elle disparut. Marouin resta encore quelque temps sur le rivage, quoiqu'il ne vît plus rien ; alors un cri affaibli par la distance parvint encore jusqu'à lui : ce cri était le dernier adieu de Murat à la France.

Lorsque M. Marouin me raconta un soir, au lieu même où la chose s'était passée, les détails que je viens de décrire, ils lui étaient si présents, quoique vingt ans se fussent écoulés depuis lors, qu'il se rappelait jusqu'aux moindres accidents de cet embarquement nocturne. De ce moment, il m'assura qu'un pressentiment de malheur l'avait saisi, qu'il ne pouvait s'arracher de cette plage, et que plusieurs fois l'envie lui prit de rappeler le roi ; mais, pareil à un homme qui rêve, sa bouche s'ouvrait sans laisser échapper aucun son. Il craignait de paraître insensé, et ce ne fut qu'à une heure du matin, c'est-à-dire deux heures et demie après le départ de la barque, qu'il rentra chez lui avec une tristesse mortelle dans le cœur.

Quant aux aventureux navigateurs, ils s'étaient engagés dans cette large ornière marine qui mène de Toulon à Bastia, et d'abord l'événement parut, aux yeux du roi, démentir la prédiction de nos marins : le vent, au lieu de s'augmenter, tomba peu à peu, et, deux heures après le départ, la barque se balançait sans reculer ni avancer sur des vagues qui, de minute en minute, allaient s'aplanissant. Murat regardait tristement s'éteindre, sur cette mer où il se croyait enchaîné, le sillon phosphorescent que le petit bâtiment traînait après lui : il avait amassé du courage contre la tempête, mais non contre le calme; et, sans même interrompre ses compagnons de voyage, à l'inquiétude desquels il se méprenait, il se coucha au fond du bateau, s'enveloppa de son manteau, et, fermant les yeux comme s'il dormait, il s'abandonna au flot de ses pensées, bien autrement tumultueux et agité que celui de la mer. Bientôt les deux marins, croyant à son sommeil, se réunirent au pilote, et, s'asseyant près du gouvernail, commencèrent à tenir conseil.

— Vous avez eu tort, Langlade, dit Donadieu, de prendre une barque ou si petite ou si grande : sans pont nous ne pouvons résister à la tempête, et sans rames nous ne pouvons avancer dans le calme. — Sur Dieu ! je n'avais pas le choix. J'ai été obligé de prendre ce que j'ai rencontré, et, si ce n'était pas l'époque des madragues (1), je n'aurais pas même trouvé cette mauvaise péniche, ou bien il me l'aurait fallu aller chercher dans le port, et la surveillance est telle, que j'y serais bien entré, mais que je n'aurais probablement pas pu en sortir. — Est-elle solide au moins? dit Blancard. — Pardieu ! tu sais bien ce que c'est que des planches et des clous qui trempent depuis dix ans dans l'eau salée. Dans les occasions ordinaires, on n'en voudrait pas pour aller de Marseille au château d'If; dans une circonstance comme la nôtre, on ferait le tour du monde dans une coquille de noix. — Chut ! dit Donadieu. Les marins écoutèrent : un grondement lointain se fit entendre, mais si faible, qu'il fallait l'oreille exercée d'un enfant de la mer pour le distinguer. — Oui, oui, dit Langlade; c'est un avertissement pour ceux qui ont des jambes ou des ailes de regagner le nid qu'ils n'auraient pas dû quitter. — Sommes-nous loin des îles? dit vivement Donadieu. — A une lieue environ. — Mettez le cap sur elles. — Et pourquoi faire? dit Murat en se soulevant. — Pour y relâcher, sire, si nous le pouvons... — Non, non! s'écria Murat, je ne veux plus remettre le pied à terre qu'en Corse; je ne veux pas

(1) Pêche du thon.

quitter encore une fois la France. D'ailleurs, la mer est calme, et voilà le vent qui nous revient... —Tout à bas ! cria Donadieu.

Aussitôt Langlade et Blancard se précipitèrent pour exécuter la manœuvre. La voile glissa le long du mât, et s'abattit au fond du bâtiment.

— Que faites-vous? cria Murat, oubliez-vous que je suis roi et que j'ordonne? — Sire, dit Donadieu, il y a un roi plus puissant que vous ici, c'est Dieu; il y a une voix qui couvre la vôtre, c'est celle de la tempête... Laissez-nous sauver Votre Majesté, si la chose est possible, et n'exigez rien de plus...

En ce moment un éclair sillonna l'horizon, un coup de tonnerre, plus rapproché que le premier, se fit entendre, une légère écume monta à la surface de l'eau, la barque frissonna comme un être animé. Murat commença à comprendre que le danger venait; alors il se leva en souriant, jeta derrière lui son chapeau, secoua ses longs cheveux, aspira l'orage comme il aspirait la fumée; le soldat était prêt à combattre

— Sire, dit Donadieu, vous avez bien vu des batailles; mais peut-être n'avez-vous point vu une tempête : si vous êtes curieux de ce spectacle, cramponnez-vous au mât et regardez, car en voilà une qui se présente bien. — Que faut-il que je fasse? dit Murat; ne puis-je vous aider en rien? — Non! pas pour le moment, sire; plus tard nous vous emploierons aux pompes...

Pendant ce dialogue, l'orage avait fait des progrès; il arrivait sur les voyageurs comme un cheval de course, soufflant le vent et le feu par ses naseaux, hennissant le tonnerre et faisant voler l'écume des vagues sous ses pieds. Donadieu pressa le gouvernail, la barque céda comme si elle comprenait la nécessité d'une prompte obéissance, et présenta sa poupe au choc du vent; alors la bourrasque passa laissant derrière elle la mer tremblante, et tout parut rentrer dans le repos. La tempête reprenait haleine.

— En sommes-nous donc quittes pour cette rafale? dit Murat. — Non, Votre Majesté, dit Donadieu, ceci n'est qu'une affaire d'avant-garde; tout à l'heure le corps d'armée va donner. — Et ne faisons-nous pas quelques préparatifs pour le recevoir? répondit gaiement le roi.—Lesquels? dit Donadieu. Nous n'avons plus un pouce de toile où le vent puisse mordre, et, tant que la barque ne fera pas eau, nous flotterons comme un bouchon de liège. Tenez-vous bien, sire!...

En effet, une seconde bourrasque accourait, plus rapide que la première, accompagnée de pluie et d'éclairs. Donadieu essaya de répéter la même manœuvre, mais il ne put virer si rapidement que le vent n'enveloppât la barque; le mât se courba comme un roseau; le canot embarqua une vague.

— Aux pompes! cria Donadieu. Sire, voilà le moment de nous aider...

Blancard, Langlade et Murat saisirent leurs chapeaux et se mirent à vider la barque. La position de ces quatre hommes était affreuse, elle dura trois heures. Au point du jour le vent faiblit; cependant la mer resta grosse et tourmentée. Le besoin de manger commença à se faire sentir; toutes les provisions avaient été atteintes par l'eau de mer, le vin seul avait été préservé du contact. Le roi prit une bouteille, en avala le premier quelques gorgées; puis il la passa à ses compagnons, qui burent à leur tour : la nécessité avait chassé l'étiquette. Langlade avait par hasard sur lui quelques tablettes de chocolat, qu'il offrit au roi. Murat en fit quatre parts égales et força ses compagnons de manger; puis, le repas fini, on orienta vers la Corse; mais la barque avait tellement souffert, qu'il n'y avait pas probabilité qu'elle pût gagner Bastia.

Le jour se passa tout entier sans que les voyageurs pussent faire plus de dix lieues; ils naviguaient sous la petite voile de foque, n'osant tendre la grande voile, et le vent était si variable, que le temps se perdait à combattre ses caprices. Le soir une voie d'eau se déclara; elle pénétrait à travers les planches disjointes; les mouchoirs réunis de l'équipage suffirent pour tamponner la barque, et la nuit, qui descendit triste et sombre, les enveloppa pour la seconde fois de son obscurité. Murat, écrasé de fatigue, s'endormit; Blancard et Langlade reprirent place près de Donadieu; et ces trois hommes, qui semblaient insensibles au sommeil et à la fatigue, veillèrent à la tranquillité de son sommeil.

La nuit fut, en apparence, assez tranquille; cependant quelquefois des craquements sourds se faisaient entendre. Alors les trois marins se regardaient avec une expression étrange; puis leurs yeux se reportaient vers le roi, qui dormait au fond de ce bâtiment, dans son manteau trempé d'eau de mer, aussi profondément qu'il avait dormi dans les sables de l'Egypte et dans les neiges de la Russie. Alors l'un d'eux se levait, s'en allait à l'autre bout du canot en sifflant entre ses dents l'air d'une chanson provençale... puis, après avoir consulté le ciel, les vagues et la barque, il revenait auprès de ses camarades et se rasseyait en murmurant : — C'est impossible; à moins d'un miracle, nous n'arriverons jamais. La nuit s'écoula dans ces alternatives. Au point du jour on se trouva en vue d'un bâtiment : « Une voile! s'écria Donadieu, une voile! » A ce cri le roi se réveilla. En effet, un petit brick marchand apparaissait, venant de Corse et faisant route vers Toulon. Donadieu mit le cap sur lui, Blancard hissa les voiles au point de fatiguer la barque, et Langlade courut à la proue, élevant le manteau du roi au bout d'une espèce de harpon. Bientôt les voyageurs s'aperçurent qu'ils avaient été vus; le brick manœuvra de manière à se rapprocher d'eux; au bout de dix minutes ils se trouvèrent à cinquante pas l'un de l'autre. Le capitaine parut sur l'avant. Alors le roi le héla, lui offrant une forte récompense s'il voulait le recevoir à bord avec ses trois compagnons et les

conduire en Corse. Le capitaine écouta la proposition; puis aussitôt, se tournant vers l'équipage, il donna à demi-voix un ordre que Donadieu ne put entendre, mais qu'il saisit probablement par le geste, car aussitôt il commanda à Langlade et à Blancard une manœuvre qui avait pour but de s'éloigner du bâtiment. Ceux-ci obéirent avec la promptitude passive des marins; mais le roi frappa du pied : — Que faites-vous, Donadieu? que faites-vous? s'écria-t-il; ne voyez-vous pas qu'il vient à nous? — Oui, sur mon âme! je le vois... Obéissez, Langlade! alerte, Blancard! Oui, il vient sur nous, et peut-être m'en suis-je aperçu trop tard. C'est bien, c'est bien; à moi maintenant. Alors il se coucha sur le gouvernail, et lui imprima un mouvement si subit et si violent, que la barque, forcée de changer immédiatement de direction, sembla se roidir contre lui, comme ferait un cheval contre le frein; enfin elle obéit. Une vague énorme, soulevée par le géant qui venait sur elle, l'emporta avec elle comme une feuille; le brick passa à quelques pieds de sa poupe. — Ah! traître! s'écria le roi, qui commença seulement à s'apercevoir de l'intention du capitaine; en même temps il tira un pistolet de sa ceinture en criant : — A l'abordage, à l'abordage! et essaya de faire feu sur le brick; mais la poudre était mouillée et ne s'enflamma point. Le roi était furieux, et ne cessait de crier : A l'abordage, à l'abordage! — Oui, oui, le misérable, ou plutôt l'imbécile, dit Donadieu, il nous a pris pour des forbans, et il a voulu nous couler, comme si nous avions besoin de lui pour cela.

En effet, jetant les yeux sur le canot, il était facile de s'apercevoir qu'il commençait à faire eau. La tentative de salut que venait de risquer Donadieu avait effroyablement fatigué la barque, et la mer entrait par plusieurs écartements de planches; il fallut se mettre à puiser l'eau avec les chapeaux; ce travail dura dix heures. Enfin Donadieu fit, pour la seconde fois, entendre le cri sauveur : — Une voile! une voile!...

Le roi et ses deux compagnons cessèrent aussitôt leur travail; on hissa de nouveau les voiles, on mit le cap sur le bâtiment qui s'avançait et l'on cessa de s'occuper de l'eau, qui, n'étant plus combattue, gagna rapidement.

Désormais c'était une question de temps, de minutes, de secondes, voilà tout; il s'agissait d'arriver au bâtiment avant de couler bas. Le bâtiment, de son côté, semblait comprendre la position désespérée de ceux qui imploraient son secours, il venait au pas de course; Langlade le reconnut le premier, c'était une balancelle du gouvernement, un bateau de poste qui faisait le service entre Toulon et Bastia. Langlade était l'ami du capitaine, il l'appela par son nom avec cette voix puissante de l'agonie, et il fut entendu. Il était temps, l'eau gagnait toujours; le roi et ses compagnons étaient déjà dans la mer jusqu'aux genoux; le canot gémissait comme un mou-

C'était un mameluk qu'il avait autrefois ramené d'Égypte.

rant qui râle ; il n'avançait plus et commençait à tourner sur lui-même. En ce moment, deux ou trois câbles, jetés de la balancelle, tombèrent dans la barque ; le roi en saisit un, s'élança et saisit l'échelle de corde : il était sauvé. Blancard et Langlade en firent autant presque aussitôt ; Donadieu resta le dernier, comme c'était son devoir de le faire, et, au moment où il mettait un pied sur l'échelle du bord, il sentit sous l'autre s'enfoncer la barque qu'il quittait ; il se retourna avec la tranquillité d'un marin, vit le gouffre ouvrir sa vaste gueule au-dessous de lui, et aussitôt la barque dévorée tournoya et disparut. Cinq secondes encore, et ces quatre hommes, qui maintenant étaient sauvés, étaient à tout jamais perdus !...

Murat était à peine sur le pont, qu'un homme vint se jeter à ses pieds : c'était un mameluk qu'il avait autrefois ramené d'Égypte, et qui s'était depuis marié à Castellamare ; des affaires de commerce l'avaient attiré à Marseille, où, par miracle, il avait échappé au massacre de ses frères ; et, malgré le déguisement qui le couvrait et les fatigues qu'il venait d'essuyer, il avait reconnu son ancien maître. Ses exclamations de joie ne permirent pas au roi de garder plus longtemps son incognito ; alors le sénateur Casabianca, le capitaine Oletta, un neveu du prince Baciocchi, un ordonnateur nommé Boërco, qui fuyaient eux-mêmes les massacres du Midi, se trouvant sur le bâtiment, le saluèrent du nom de Majesté et lui improvisèrent une petite cour : le passage était brusque, il opéra un changement rapide ; ce n'était plus Murat le proscrit, c'était Joachim Ier, roi de Naples. La terre de l'exil disparut avec la barque engloutie ; à sa place, Naples et son golfe magnifique apparurent à l'horizon comme un merveilleux mirage, et sans doute la première idée de la fatale expédition de Calabre prit naissance pendant ces jours d'enivrement qui suivirent les heures d'agonie. Cependant le roi, ignorant encore quel accueil l'attendait en Corse, prit le nom de comte de Campo Melle, et ce fut sous ce nom que le 25 août il prit terre à Bastia. Mais sa précaution fut inutile ; trois jours après son arrivée, personne n'ignorait plus sa présence dans cette ville. Des rassemblements se formèrent aussitôt, des cris de : Vive Joachim ! se firent entendre, et le roi, craignant de troubler la tranquillité publique, sortit le même soir de Bastia avec ses trois compagnons et son mameluk. Deux heures après il entrait à Viscovato, et frappait à la porte du général Franceschetti, qui avait été à son service tout le temps de son règne, et qui, ayant quitté Naples en même temps que le roi, était revenu en Corse habiter avec sa femme la maison de M. Colonna Cicaldi, son beau-père. Il était en train de souper lorsqu'on vint lui dire qu'un étranger demandait à lui parler : il sortit et trouva Murat enveloppé d'une capote militaire, la tête enfoncée dans un bonnet de marin, la barbe longue, et portant un pantalon, des guêtres et des souliers de soldat. Le général s'arrêta étonné ; Murat fixa sur lui son grand œil noir ; puis, croisant les bras : — Franceschetti, lui dit-il, avez-vous à votre table une place pour votre général qui a faim ? avez-vous sous votre toit un asile pour votre roi qui est proscrit ?... Franceschetti jeta un cri de surprise en reconnaissant Joachim, et ne put lui répondre qu'en tombant à ses pieds et en lui baisant la main. De ce moment, la maison du général fut à la disposition de Murat.

A peine le bruit de l'arrivée du roi fut il répandu dans les environs, que l'on vit accourir à Viscovato des officiers de tous grades, des vétérans qui avaient combattu sous lui, et des chasseurs corses que son caractère aventureux séduisait ; en peu de jours la maison du général fut transformée en palais, le village en résidence royale, et l'île en royaume. D'étranges bruits se répandirent sur les intentions de Murat ; une armée de neuf cents hommes contribuait à leur donner quelque consistance. C'est alors que Blancard, Langlade et Donadieu prirent congé de lui ; Murat voulut les retenir ; mais ils s'étaient voués au salut du proscrit, et non à la fortune du roi.

Nous avons dit que Murat avait rencontré à bord du bateau de poste de Bastia un de ses anciens mameluks, nommé Othello, et que celui-ci l'avait suivi à Viscovato : l'ex-roi de Naples songea à se faire un agent de cet homme. Des relations de famille le rappelaient tout naturellement à Castellamare ; il lui ordonna d'y retourner, et le chargea de lettres pour les personnes sur le dévouement desquelles il comptait le plus. Othello partit, arriva heureusement chez son beau-père, et crut pouvoir lui tout dire ; mais celui-ci, épouvanté, prévint la police : une descente nocturne fut faite chez Othello et sa correspondance saisie.

Le lendemain, toutes les personnes auxquelles étaient adressées des lettres furent arrêtées et reçurent l'ordre de répondre à Murat comme si elles étaient libres, et de lui indiquer Salerne comme le lieu le plus propre au débarquement : cinq sur sept eurent la lâcheté d'obéir, les deux autres, qui étaient deux frères espagnols, s'y refusèrent absolument : on les jeta dans un cachot.

Cependant, le 17 septembre, Murat quitta Viscovato, le général Franceschetti, ainsi que plusieurs officiers corses, lui servirent d'escorte ; il s'achemina vers Ajaccio par Cotone, les montagnes de Serra et Bosco, Venaco, Vivaro, les gorges de la forêt de Vezzanovo et Bogognone ; partout il fut reçu et fêté comme un roi, et à la porte des villes il reçut plusieurs députations qui le haranguèrent en le saluant du titre de Majesté ; enfin, le 22 septembre il arriva à Ajaccio. La population tout entière l'attendait hors des murs ; son entrée dans la ville fut un triomphe ; il fut porté jusqu'à l'auberge qui avait été désignée d'avance par les maréchaux de logis : il y avait de quoi tourner la tête à un homme moins impressionnable que Murat : quant à lui, il était dans l'ivresse ; en entrant dans l'auberge, il tendit la main à Franceschetti. — Voyez, lui dit-il, à la manière dont me reçoivent les Corses, ce que feront pour moi les Napolitains. — C'était le premier mot qui lui échappait sur ses projets à venir, et dès ce jour même il ordonna de tout préparer pour son départ.

On rassembla dix petites felouques : un Maltais, nommé Barbara, ancien capitaine de frégate de la marine napolitaine, fut nommé commandant en chef de l'expédition ; deux cent cinquante hommes furent engagés et invités à se tenir prêts à partir au premier signal. Murat n'attendait plus que les réponses aux lettres d'Othello ; elles arrivèrent dans la matinée du 28. Murat invita tous les officiers à un grand dîner, et fit donner double paye et double ration à ses hommes.

Le roi était au dessert lorsqu'on lui annonça l'arrivée de M. Maceroni : c'était un envoyé des puissances étrangères qui apportait à Murat la réponse qu'il avait attendue si longtemps à Toulon. Murat se leva de table et passa dans une chambre à côté. M. Maceroni se fit reconnaître comme chargé d'une mission officielle, et remit au roi l'ultimatum de l'empereur d'Autriche. Il était conçu en ces termes :

« M. Maceroni est autorisé par les présentes à prévenir le roi Joachim que Sa Majesté l'empereur d'Autriche lui accordera un asile dans ses États, sous les conditions suivantes : — 1° Le roi prendra un nom privé. La reine ayant adopté celui de Lipano, on propose au roi de prendre le même nom. — 2° Il sera permis au roi de choisir une ville de la Bohême, de la Moravie ou de la Haute-Autriche, pour y fixer son séjour. Il pourra même, sans inconvénient, habiter une campagne dans ces mêmes provinces. — 3° Le roi engagera sa parole d'honneur envers Sa Majesté impériale et royale qu'il n'abandonnera jamais les États autrichiens sans le consentement exprès de l'empereur, et qu'il vivra comme un particulier de distinction, mais soumis aux lois qui sont en vigueur dans les États autrichiens.

« En foi de quoi, et afin qu'il en soit fait un usage convenable, le soussigné a reçu l'ordre de l'empereur de signer la présente déclaration.

« Donné à Paris le 1er septembre 1815. — *Signé* le prince de METTERNICH. »

Murat sourit en achevant cette lecture, puis il fit signe à M. Maceroni de le suivre. Il le conduisit alors sur la terrasse de la maison, qui dominait toute la ville, et qui était dominée elle-même par sa bannière, qui flottait comme sur un château royal. De là on pouvait voir Ajaccio toute joyeuse et illuminée, le port où se balançait la petite flottille et les rues encombrées de monde, comme un jour de fête. A peine la foule eut-elle aperçu Murat, qu'un cri partit de toutes les bouches : — Vive Joachim! vive le frère de Napoléon! vive le roi de Naples! Murat salua, et les cris redoublèrent, et la musique de la garnison fit entendre les airs nationaux. M. Maceroni ne savait s'il devait en croire ses yeux et ses oreilles. Lorsque le roi eut joui de son étonnement, il l'invita à descendre au salon. Son état-major y était réuni en grand uniforme : on se serait cru à Caserte ou à Capodimonte. Enfin, après un instant d'hésitation, Maceroni se rapprocha de Murat. — Sire, lui dit-il, quelle réponse dois-je faire à Sa Majesté l'empereur d'Autriche? — Monsieur, lui répondit Murat avec cette dignité hautaine qui allait si bien à sa belle figure, vous raconterez à mon frère François ce que vous avez vu et ce que vous avez entendu, et puis vous ajouterez que je pars cette nuit même pour reconquérir mon royaume de Naples.

<hr>

III

LE PIZZO.

es lettres qui avaient déterminé Murat à quitter la Corse lui avaient été apportées par un Calabrais nommé Luidgi. Il s'était présenté au roi comme un envoyé de l'Arabe Othello, qui avait été jeté, comme nous l'avons dit, dans les prisons de Naples, ainsi que les personnes auxquelles les dépêches dont il était porteur avaient été adressées. Ces lettres, écrites par le ministre de la police de Naples, indiquaient à Joachim le port de la ville de Salerne comme le lieu le plus propre au débarquement; car le roi Ferdinand avait rassemblé sur ce point trois mille hommes de troupes autrichiennes, n'osant se fier aux soldats napolitains, qui avaient conservé de Murat un riche et brillant souvenir. Ce fut donc vers le golfe de Salerne que la flottille se dirigea; mais, arrivée en vue de l'île de Caprée, elle fut assaillie par une violente tempête, qui la chassa jusqu'à Paola, petit port situé à dix lieues de Cosenza. Les bâtiments passèrent, en conséquence, la nuit du 5 au 6 octobre dans une espèce d'échancrure du rivage qui ne mérite pas le nom de rade. Le roi, pour ôter tout soupçon aux gardes des côtes et aux scorridori (1) siciliens, ordonna d'éteindre les feux et de louvoyer jusqu'au jour; mais, vers une heure du matin, il s'éleva de terre un vent si violent, que l'expédition fut repoussée en haute mer, de sorte que, le 6, à la pointe du jour, le bâtiment que montait le roi se trouva seul. Dans la matinée il rallia la felouque du capitaine Cicconi, et les deux navires mouillèrent, à quatre heures de l'après-midi, en vue de San-Lucido. Le soir, le roi ordonna au chef de bataillon Ottoviani de se rendre à terre pour y prendre des renseignements. Luidgi s'offrit pour l'accompagner, Murat accepta ses bons offices. Ottoviani et son guide se rendirent donc à terre, tandis qu'au contraire Cicconi et sa felouque se remettaient en mer avec mission d'aller à la recherche du reste de la flotte.

Vers les onze heures de la nuit, le lieutenant de quart sur le navire royal distingua au milieu des

(1) Bâtiments légers armés en guerre.

Le lieutenant de quart distingua au milieu des vagues un homme qui s'avançait en nageant.

vagues un homme qui s'avançait en nageant vers le bâtiment. Dès qu'il fut à la portée de la voix, il le héla. Aussitôt le nageur se fit reconnaître : c'était Luidgi. On lui envoya la chaloupe, et il remonta à bord. Alors il raconta que le chef de bataillon Ottoviani avait été arrêté, et qu'il n'avait échappé lui-même à ceux qui le poursuivaient qu'en se jetant à la mer. Le premier mouvement de Murat fut d'aller au secours d'Ottoviani; mais Luidgi fit comprendre au roi le danger et l'inutilité de cette tentative; néanmoins, Joachim resta jusqu'à deux heures du matin agité et irrésolu. Enfin, il donna l'ordre de reprendre le large. Pendant la manœuvre qui eut

lieu à cet effet, un matelot tomba à la mer et disparut avant qu'on eût eu le temps de lui porter secours. Décidément les présages étaient sinistres.

Le 7 au matin, on eut connaissance de deux bâtiments. Le roi ordonna aussitôt de se mettre en mesure de défense; mais Barbara les reconnut pour être la felouque de Cicconi et la balancelle de Courand, qui s'étaient réunies et faisaient voile de conserve. On hissa les signaux, et les deux capitaines se rallièrent à l'amiral.

Pendant qu'on délibérait sur la route à suivre, un canot aborda le bâtiment de Murat. Il était monté par le capitaine Pernice et un lieutenant sous ses

ordres. Ils venaient demander au roi la permission de passer à son bord, ne voulant point rester à celui de Courrand, qui, à leur avis, trahissait. Murat l'envoya chercher; et, malgré ses protestations de dévouement, il le fit descendre avec cinquante hommes dans une chaloupe, et ordonna d'amarrer la chaloupe à son bâtiment. L'ordre fut exécuté aussitôt, et la petite escadre continua sa route, longeant, sans les perdre de vue, les côtes de la Calabre; mais, à dix heures du soir, au moment où l'on se trouvait à la hauteur du golfe de Sainte-Euphémie, le capitaine Courrand coupa le câble qui le traînait à la remorque, et, faisant force de rames,

il s'éloigna de la flottille. Murat s'était jeté sur son lit tout habillé : on le prévint de cet événement. Il s'élança aussitôt sur le pont, et arriva à temps encore pour voir la chaloupe qui fuyait dans la direction de la Corse, s'enfoncer et disparaître dans l'ombre. Il demeura immobile, sans colère et sans cris; seulement il poussa un soupir et laissa tomber sa tête sur sa poitrine : c'était encore une feuille qui tombait de l'arbre enchanté de ses espérances.

Le général Franceschetti profita de cette heure de découragement pour lui donner le conseil de ne point débarquer dans les Calabres et de se rendre directement à Trieste, afin de réclamer de l'Autriche l'asile qu'elle lui avait offert. Le roi était dans un de ces instants de lassitude extrême et d'abattement mortel où le cœur s'affaisse sur lui-même : il se défendit d'abord, et puis finit par accepter. En ce moment, le général s'aperçut qu'un matelot, couché dans des enroulements de câbles, se trouvait à portée d'entendre tout ce qu'il disait ; il s'interrompit et le montra du doigt à Murat. Celui-ci se leva, alla voir l'homme et reconnut Luidgi : accablé de fatigue, il s'était endormi sur le pont. La franchise de son sommeil rassura le roi, qui, d'ailleurs avait toute confiance en lui. La conversation, interrompue un instant, se renoua donc : il fut convenu que, sans rien dire des nouveaux projets arrêtés, on doublerait le cap Spartivento, et qu'on entrerait dans l'Adriatique ; puis le roi et le général redescendraient dans l'entre-pont.

Le lendemain, 8 octobre, on se trouvait à la hauteur du Pizzo, lorsque Joachim, interrogé par Barbara sur ce qu'il fallait faire, donna ordre de mettre le cap sur Messine ; Barbara répondit qu'il était prêt à obéir, mais qu'il avait besoin d'eau et de vivres ; en conséquence, il offrit de passer sur la felouque de Cicconi, et d'aller avec elle à terre pour y renouveler ses provisions ; le roi accepta ; Barbara lui demanda alors les passe-ports qu'il avait reçus des puissances alliées, afin, disait-il, de ne pas être inquiété par les autorités locales. Ces pièces étaient trop importantes pour que Murat consentît à s'en dessaisir ; peut-être le roi commençait-il à concevoir quelque soupçon : il refusa donc. Barbara insista ; Murat lui ordonna d'aller à terre sans ces papiers. Barbara refusa positivement ; le roi, habitué à être obéi, leva sa cravache sur le Maltais ; mais en ce moment, changeant de résolution, il ordonna aux soldats de préparer leurs armes, aux officiers de revêtir leur grand uniforme ; lui-même leur en donna l'exemple : le débarquement était décidé, et le Pizzo devait être le golfe Juan du nouveau Napoléon. En conséquence, les bâtiments se dirigèrent vers la terre. Le roi descendit dans une chaloupe avec vingt-huit soldats et trois domestiques, au nombre desquels était Luidgi. Arrivé près de la plage, le général Franceschetti fit un mouvement pour prendre terre, mais Murat l'arrêta : « C'est à moi de descendre le premier, » dit-il ; et il s'élança sur le rivage. Il était vêtu d'un habit de général, avait un pantalon blanc avec des bottes à l'écuyère, une ceinture dans laquelle étaient passés deux pistolets, un chapeau brodé en or, dont la cocarde était retenue par une ganse formée de quatorze brillants ; enfin, il portait sous le bras la bannière autour de laquelle il comptait rallier ses partisans : dix heures sonnaient à l'horloge du Pizzo.

Murat se dirigea aussitôt vers la ville, dont il était éloigné de cent pas à peine, par le chemin pavé de larges dalles disposées en escalier qui y conduit.

C'était un dimanche ; on allait commencer la messe, et toute la population était réunie sur la place lorsqu'il y arriva. Personne ne le reconnut, et chacun regardait avec étonnement ce brillant état-major, lorsqu'il vit parmi les paysans un ancien sergent qui avait servi dans sa garde de Naples. Il marcha droit à lui, et, lui mettant la main sur l'épaule : « Tavella, lui dit-il, ne me reconnais-tu pas ? » Mais, comme celui-ci ne faisait aucune réponse : « Je suis Joachim Murat ; je suis ton roi, lui dit-il : à toi l'honneur de crier le premier vive Joachim ! » La suite de Murat fit aussitôt retentir l'air de ses acclamations ; mais le Calabrais resta silencieux, et pas un de ses camarades ne répéta le cri dont le roi lui-même avait donné le signal ; au contraire, une rumeur sourde courait par la multitude. Murat comprit ce frémissement d'orage. « Eh bien ! dit-il à Tavella, si tu ne veux pas crier vive Joachim, va au moins me chercher un cheval, et, de sergent que tu étais, je te fais capitaine. » Tavella s'éloigna sans répondre ; mais, au lieu d'accomplir l'ordre qu'il avait reçu, il rentra chez lui et ne reparut plus. Pendant ce temps, la population s'amassait toujours, sans qu'un signe amical annonçât à Murat la sympathie qu'il attendait. Il sentit qu'il était perdu s'il ne prenait une résolution rapide. « A Monteleone ! » s'écria-t-il en s'élançant le premier vers la route qui conduisait à cette ville. « A Monteleone ! » répétèrent en le suivant ses officiers et ses soldats. Et la foule, toujours silencieuse, s'ouvrit pour les laisser passer.

Mais, à peine avait-il quitté la place, qu'une vive agitation se manifesta. Un homme nommé Georges Pellegrino sortit de chez lui armé d'un fusil et traversa la place en courant et en criant : Aux armes ! Il savait que le capitaine Trenta Capelli, qui commandait la gendarmerie de Cosenza, était en ce moment au Pizzo, et il allait le prévenir. Le cri aux armes eut plus d'écho dans cette foule que n'en avait eu celui de vive Joachim. Tout Calabrais a un fusil, chacun courut chercher le sien, et, lorsque Trenta Capelli et Pellegrino revinrent sur la place, ils trouvèrent près de deux cents hommes armés. Ils se mirent à leur tête et s'élancèrent aussitôt à la poursuite du roi ; ils le rejoignirent à dix minutes de chemin à peu près de la place, à l'endroit où est aujourd'hui le pont. Murat, en les voyant venir, s'arrêta et les attendit.

Trenta Capelli s'avança alors le sabre à la main vers le roi. — Monsieur, lui dit celui-ci, voulez-vous troquer vos épaulettes de capitaine contre des épaulettes de général ? Criez vive Joachim ! et suivez-moi avec ces braves gens à Monteleone. — Sire, répondit Trenta Capelli, nous sommes tous fidèles sujets du roi Ferdinand, et nous venons pour vous combattre et non pour vous accompagner : rendez-vous donc, si vous voulez prévenir l'effusion du sang.

Murat regarda le capitaine de gendarmerie avec

une expression impossible à rendre; puis, sans daigner lui répondre, il lui fit signe de la main de s'éloigner, tandis qu'il portait l'autre à la crosse de l'un de ses pistolets. Georges Pellegrino vit le mouvement.

— Ventre à terre, capitaine! ventre à terre! cria-t-il. Le capitaine obéit, aussitôt une balle passa en sifflant au-dessus de sa tête et alla effleurer les cheveux de Murat. — Feu! ordonna Franceschetti. — Armes à terre! cria Murat; et, secouant de sa main droite son mouchoir, il fit un pas pour s'avancer vers les paysans; mais au même instant une décharge générale partit : un officier et deux ou trois soldats tombèrent. En pareille circonstance, quand le sang a commencé de couler, il ne s'arrête pas; Murat savait cette fatale vérité, aussi son parti fut-il pris, rapide et décisif. Il avait devant lui cinq cents hommes armés, et derrière lui un précipice de trente pieds de hauteur : il s'élança du rocher à pic sur lequel il se trouvait, tomba dans le sable et se releva sans être blessé; le général Franceschetti et son aide de camp Campana firent avec le même bonheur le même saut que lui, et tous trois descendirent rapidement vers la mer, à travers un petit bois qui s'étend jusqu'à cent pas du rivage, et qui les déroba un instant à la vue de leurs ennemis. A la sortie de ce bois, une nouvelle décharge les accueillit; les balles sifflèrent autour d'eux, mais n'atteignirent personne, et les trois fugitifs continuèrent leur course vers la plage.

Ce fut alors seulement que le roi s'aperçut que le canot qui l'avait déposé à terre était reparti. Les trois navires qui composaient sa flottille, loin d'être restés pour protéger son débarquement, avaient repris la mer et s'éloignaient à pleines voiles. Le Maltais Barbara emportait non-seulement la fortune de Murat, mais encore son espoir, son salut, sa vie : c'était à n'y pas croire à force de trahison. Aussi le roi prit-il cet abandon pour une simple manœuvre, et, voyant une barque de pêcheur tirée au rivage sur des filets étendus, il cria à ses deux compagnons : — La barque à la mer!

Tous alors commencèrent à la pousser pour la mettre à flot, avec l'énergie du désespoir, avec les forces de l'agonie. Personne n'avait osé franchir le rocher pour se mettre à leur poursuite; leurs ennemis, forcés de prendre un détour, leur laissaient quelques instants de liberté. Mais bientôt des cris se firent entendre : Georges Pellegrino, Trenta Capelli, suivis de toute la population du Pizzo, débouchèrent à cent cinquante pas à peu près de l'endroit où Murat, Franceschetti et Campana s'épuisaient en efforts pour faire glisser la barque sur le sable. Ces cris furent immédiatement suivis d'une décharge générale. Campana tomba : une balle venait de lui traverser la poitrine. Cependant la barque était à flot : le général Franceschetti s'élança dedans; Murat voulut le suivre, mais il ne s'était point aperçu que les éperons de ses bottes à l'écuyère s'étaient em-

barrassés dans les mailles du filet. La barque, cédant à l'impulsion donnée par lui, se déroba sous ses mains, et le roi tomba les pieds sur la plage et le visage dans la mer. Avant qu'il eût eu le temps de se relever, la population s'était ruée sur lui : en un instant elle lui arracha ses épaulettes, se bannière et son habit, et elle allait le mettre en morceaux lui-même, si Georges Pellegrino et Trenta Capelli, prenant sa vie sous leur protection, ne lui avaient donné le bras de chaque côté en le défendant à leur tour contre la populace. Il traversa ainsi en prisonnier la place qu'une heure auparavant il abordait en roi. Ses conducteurs le menèrent au château; on le poussa dans la prison commune, on referma la porte sur lui, et le roi se trouva au milieu des voleurs et des assassins, qui, ne sachant pas qui il était et le prenant pour un compagnon de crimes, l'accueillirent par des injures et des huées.

Un quart d'heure après, la porte du cachot se rouvrit, le commandant Mattei entra : il trouva Murat debout, les bras croisés, la tête haute et fière. Il y avait une expression de grandeur indéfinissable dans cet homme à demi nu, et dont la figure était souillée de boue et de sang. Il s'inclina devant lui. — Commandant, lui dit Murat, reconnaissant son grade à ses épaulettes, regardez autour de vous, et dites si c'est là une prison à mettre un roi!

Alors une chose étrange arriva : ces hommes du crime, qui, croyant Murat un de leurs complices, l'avaient accueilli avec des vociférations et des rires, se courbèrent devant la majesté royale, que n'avaient point respectée Pellegrino et Trenta Capelli, et se retirèrent silencieux au plus profond de leur cachot. Le malheur venait de donner un nouveau sacre à Joachim.

Le commandant Mattei murmura quelques excuses, et invita Murat à le suivre dans une chambre qu'il venait de lui faire préparer; mais, avant de sortir, Murat fouilla dans sa poche, en tira une poignée d'or, et, la laissant tomber comme une pluie au milieu du cachot : — Tenez, dit-il en se retournant vers les prisonniers, il ne sera pas dit que vous avez reçu la visite d'un roi, tout captif et tout découronné qu'il est, sans qu'il vous ait fait largesse. — Vive Joachim! crièrent les prisonniers.

Murat sourit amèrement. Ces mêmes paroles, répétées par un pareil nombre de voix, il y a une heure, sur la place publique, au lieu de retentir dans une prison, le faisaient roi de Naples! Les résultats les plus importants sont amenés parfois par des causes si minimes, qu'on croirait que Dieu et Satan jouent aux dés la vie ou la mort des hommes, l'élévation ou la chute des empires.

Murat suivit le commandant Mattei : il le conduisit dans une petite chambre qui appartenait au concierge, et que celui-ci céda au roi. Il allait se retirer lorsque Murat le rappela : — Monsieur le commandant, lui dit-il, je désire un bain parfumé. — Sire la chose est difficile. — Voilà cinquante ducats ; qu'on achète toute l'eau de Cologne qu'on trouvera. Ah! que l'on m'envoie des tailleurs. — Il sera impossible de trouver ici des hommes capables de faire autre chose que des costumes du pays. — Qu'on aille à Monteleone, et qu'on me ramène ici tous ceux qu'on pourra réunir.

Le commandant s'inclina et sortit.

Murat était au bain lorsqu'on lui annonça la visite du chevalier Alcala, général du prince de l'Infantado et gouverneur de la ville. Il faisait apporter des couvertures de damas, des draps et des fauteuils. Murat fut sensible à cette attention, et il en reprit une nouvelle sérénité.

Le même jour, à deux heures, le général Nunziante arriva de Saint-Tropea avec trois mille hommes. Murat revit avec plaisir une vieille connaissance ; mais, au premier mot, le roi s'aperçut qu'il était devant un juge, et que sa présence avait pour but, non pas une simple visite, mais un interrogatoire en règle. Murat se contenta de répondre qu'il se rendait de Corse à Trieste en vertu d'un passe-port de l'empereur d'Autriche, lorsque la tempête et le défaut de vivres l'avaient forcé de relâcher au Pizzo. A toutes les autres questions, Murat opposa un silence obstiné ; puis enfin, fatigué de ses instances : — Général, lui dit-il, pouvez-vous me prêter des habits, afin que je sorte du bain?

Le général comprit qu'il n'avait rien à attendre de plus, salua le roi et sortit. Dix minutes après, Murat reçut un uniforme complet ; il le revêtit aussitôt ; demanda une plume et de l'encre, écrivit au général en chef des troupes autrichiennes à Naples, à l'ambassadeur d'Angleterre et à sa femme, pour les informer de sa détention au Pizzo. Ces dépêches terminées, il se leva, marcha quelque temps avec agitation dans la chambre ; puis enfin, éprouvant le besoin d'air, il ouvrit la fenêtre. La vue s'étendait sur la plage même où il avait été arrêté.

Deux hommes creusaient un trou dans le sable, au pied de la petite redoute ronde. Murat les regarda faire machinalement. Lorsque ces deux hommes eurent fini, ils entrèrent dans une maison voisine, et bientôt ils en sortirent portant entre leurs bras un cadavre. Le roi rappela ses souvenirs, et il lui sembla en effet qu'il avait, au milieu de cette scène terrible, vu tomber quelqu'un auprès de lui ; mais il ne savait plus qui. Le cadavre était complétement nu ; mais, à ses longs cheveux noirs, à la jeunesse de ses formes, le roi reconnut Campana : c'était celui de ses aides de camp qu'il aimait le mieux. Cette scène, vue à l'heure du crépuscule, vue de la fenêtre d'une prison ; cette inhumation dans la solitude, sur cette plage, dans le sable, émurent plus fortement Murat que n'avaient pu le faire ses propres infortunes. De grosses larmes vinrent au bord de ses yeux et coulèrent silencieusement sur sa face de lion. En ce moment le général Nunziante rentra

et le surprit les bras tendus, le visage baigné de pleurs. Murat entendit du bruit, se retourna, et voyant l'étonnement du vieux soldat : — Oui, général, lui dit-il, oui, je pleure. Je pleure sur cet enfant de vingt-quatre ans, que sa famille m'avait confié, et dont j'ai causé la mort ; je pleure sur cet avenir vaste, riche et brillant, qui vient de s'éteindre dans une fosse ignorée, sur une terre ennemie, sur un rivage hostile. O Campana ! Campana ! si jamais je remonte sur le trône, je te ferai élever un tombeau royal.

Le général avait fait préparer un dîner dans la chambre attenante à celle qui servait de prison au roi : Murat l'y suivit, se mit à table, mais ne put manger. Le spectacle auquel il venait d'assister lui avait brisé le cœur ; et cependant cet homme avait parcouru, sans froncer le sourcil, les champs de bataille d'Aboukir, d'Eylau et de la Moskowa !

Après le dîner, Murat rentra dans sa chambre, remit au général Nunziante les diverses lettres qu'il avait écrites, et le pria de le laisser seul. Le général sortit.

Murat fit plusieurs fois le tour de sa chambre, se promenant à grands pas et s'arrêtant de temps en temps devant la fenêtre, mais sans l'ouvrir. Enfin il parut surmonter une répugnance profonde, porta la main sur l'espagnolette et tira la croisée à lui. La nuit était calme, on distinguait toute la plage. Il chercha des yeux la place où était enterré Campana : deux chiens qui grattaient la tombe la lui indiquèrent. Le roi repoussa la fenêtre avec violence, et se jeta tout habillé sur son lit. Enfin, craignant qu'on attribuât son agitation à une crainte personnelle, il se dévêtit, se coucha et dormit, ou parut dormir toute la nuit.

Le 9 au matin, les tailleurs que Murat avait demandés arrivèrent. Il leur commanda force habits, dont il prit la peine de leur expliquer les détails avec sa fastueuse fantaisie. Il était occupé de ce soin lorsque le général Nunziante entra. Il écouta tristement les ordres que donnait le roi : il venait de recevoir des dépêches télégraphiques qui ordonnaient au général de faire juger le roi de Naples, comme ennemi public, par une commission militaire. Mais celui-ci trouva le roi si confiant, si tranquille, et presque si gai, qu'il n'eut pas le courage de lui annoncer la nouvelle de sa mise en jugement ; il prit même sur lui de retarder l'ouverture de la commission militaire jusqu'à ce qu'il eût reçu une dépêche écrite. Elle arriva le 12 au soir. Elle était conçue en ces termes :

« Naples, 9 octobre 1815.

« Ferdinand, par la grâce de Dieu, etc., avons décrété et décrétons ce qui suit :

« Art. 1er. Le général Murat sera traduit devant une commission militaire, dont les membres seront nommés par notre ministre de la guerre.

Le général Franceschetti.

« Art. 2. Il ne sera accordé au condamné qu'une demi-heure pour recevoir les secours de la religion.

« *Signé* FERDINAND. »

Un autre arrêté du ministre contenait les noms des membres de la commission ; c'étaient :

Giuseppe Fasculo, adjudant, commandant et chef de l'état-major, président ; Laffaello Scalfaro, chef de la légion de la Calabre inférieure ; Latereo Natali, lieutenant-colonel de la marine royale ; Gennaro Lanzetta, lieutenant-colonel du corps du génie ; W. T., capitaine d'artillerie ; François de Vengé, idem ; Francesco Martellari, lieutenant d'artillerie ; Francesco Froio, lieutenant au 3e régiment ; Giovanni della Camera, procureur général au tribunal criminel de la Calabre inférieure ; et Francesco Papavassi, greffier.

La commission s'assembla dans la nuit. Le 13 octobre, à six heures du matin, le capitaine Stratti entra dans la prison du roi, il dormait profondément : Stratti allait sortir, lorsqu'en marchant vers la porte il heurta une chaise ; ce bruit réveilla Murat.

— Que me voulez-vous, capitaine ? demanda le roi.

Stratti voulut parler, mais la voix lui manqua.

— Ah ! ah ! dit Murat, il paraît que vous avez reçu des nouvelles de Naples ?... — Oui, sire, murmura Stratti. — Qu'annoncent-elles? dit Murat? — Votre mise en jugement, sire. — Et par qui l'arrêt sera-t-il prononcé, s'il vous plaît? Où trouvera-t-on des pairs pour me juger? Si l'on me considère comme un roi, il faut assembler un tribunal de rois; si l'on me considère comme un maréchal de France, il me faut une cour de maréchaux, et, si l'on me considère comme général, et c'est le moins qu'on puisse faire, il me faut un jury de généraux. — Sire, vous êtes déclaré ennemi public, et comme tel vous êtes passible d'une commission militaire; c'est la loi que vous avez rendue vous-même contre les rebelles. — Cette loi fut faite pour des brigands, et non pour des têtes couronnées, monsieur, dit dédaigneusement Murat. Je suis prêt, que l'on m'assassine, c'est bien; je n'aurais pas cru le roi Ferdinand capable d'une pareille action. — Sire, ne voulez-vous pas connaître la liste de vos juges?—Si fait, monsieur, si fait; ce doit être une chose curieuse : lisez, je vous écoute.

Le capitaine Stratti lut les noms que nous avons cités. Murat les entendit avec un sourire dédaigneux.

— Ah! continua-t-il lorsque le capitaine eut achevé, il paraît que toutes les précautions sont prises. — Comment cela, sire? — Oui, ne savez-vous pas que tous ces hommes, à l'exception du rapporteur Francesco Froio, me doivent leurs grades; ils auront peur d'être accusés de reconnaissance, et, moins une voix peut-être, l'arrêt sera unanime. — Sire, si vous paraissiez devant la commission, si vous plaidiez vous-même votre cause? — Silence , monsieur, silence... dit Murat. Pour que je reconnaisse les juges que l'on m'a nommés, il faudrait déchirer trop de pages de l'histoire; un tel tribunal est incompétent, et j'aurais honte de me présenter devant lui; je sais que je ne puis sauver ma vie, laissez-moi sauver au moins la dignité royale.

En ce moment, le lieutenant Francesco Froio entra pour interroger le prisonnier, et lui demanda ses noms, son âge, sa patrie. A ces questions, Murat se leva avec une expression de dignité terrible : — Je suis Joachim Napoléon, roi des Deux-Siciles, lui répondit-il, et je vous ordonne de sortir. — Le rapporteur obéit.

Alors Murat passa un pantalon seulement, et demanda à Stratti s'il pouvait adresser des adieux à sa femme et à ses enfants. Celui-ci ne pouvant plus parler, répondit par un geste affirmatif; aussitôt Joachim s'assit à une table, et écrivit cette lettre :

« Chère Caroline de mon cœur,

« L'heure fatale est arrivée, je vais mourir du dernier des supplices; dans une heure tu n'auras plus d'époux, et nos enfants n'auront plus de père : souvenez-vous de moi et n'oubliez jamais ma mémoire. Je meurs innocent, et la vie m'est enlevée par un jugement injuste.

« Adieu, mon Achille; adieu, ma Lætitia; adieu, mon Lucien; adieu, ma Louise.

« Montrez-vous dignes de moi; je vous laisse sur une terre et dans un royaume pleins de mes ennemis : montrez-vous supérieurs à l'adversité, et souvenez-vous de ne pas vous croire plus que vous n'êtes, en songeant à ce que vous avez été.

« Adieu, je vous bénis. Ne maudissez jamais ma mémoire. Rappelez-vous que la plus grande douleur que j'éprouve dans mon supplice est celle de mourir loin de mes enfants, loin de ma femme, et de n'avoir aucun ami pour me fermer les yeux.

« Adieu, ma Caroline; adieu, mes enfants; recevez ma bénédiction paternelle, mes tendres larmes et mes derniers baisers.

« Adieu; n'oubliez pas votre malheureux père.

« Pizzo, ce 13 octobre 1815.

« JOACHIM MURAT. »

Alors il coupa une boucle de ses cheveux et la mit dans la lettre : en ce moment le général Nunziante entra; Murat alla à lui et lui tendit la main : — Général, lui dit-il, vous êtes père, vous êtes époux, vous saurez un jour ce que c'est que de quitter sa femme et ses fils. Jurez-moi que cette lettre sera remise. — Sur mes épaulettes, dit le général en s'essuyant les yeux. — Allons, allons, du courage, général, dit Murat; nous sommes soldats, nous savons ce que c'est que la mort. Une seule grâce : vous me laisserez commander le feu, n'est-ce pas? Le général fit signe de la tête que cette dernière faveur lui serait accordée; en ce moment le rapporteur entra, la sentence du roi à la main. Murat devina ce dont il s'agissait : — Lisez, monsieur, lui dit-il froidement, je vous écoute.

Le rapporteur obéit. Murat ne s'était pas trompé; il y avait eu, moins une voix, unanimité pour la peine de mort.

Lorsque la lecture fut finie, le roi se retourna vers Nunziante : — Général, lui dit-il, croyez que je sépare, dans mon esprit, l'instrument qui me frappe de la main qui le dirige. Je n'aurais pas cru que Ferdinand m'eût fait fusiller comme un chien; il ne recule pas devant cette infamie! c'est bien, n'en parlons plus. J'ai récusé mes juges, mais non pas mes bourreaux. Quelle est l'heure que vous désignez pour mon exécution? — Fixez-la vous-même, sire, dit le général.

Murat tira de son gousset une montre sur laquelle était le portrait de sa femme; le hasard fit qu'elle était tournée de manière que ce fut le portrait et non le cadran qu'il amena devant ses yeux; il le regarda avec tendresse.

— Tenez, général, dit-il en le montrant à Nunziante, c'est le portrait de la reine, vous la connaissez; n'est-ce pas qu'elle est bien ressemblante?

Le général détourna la tête. Murat poussa un soupir et remit la montre dans son gousset.

— Eh bien! sire, dit le rapporteur, quelle heure fixez-vous? — Ah! c'est juste, dit Murat en souriant, j'avais oublié pourquoi j'avais tiré ma montre en voyant le portrait de Caroline.

Alors il regarda sa montre de nouveau, mais cette fois du côté du cadran. — Eh bien! ce sera pour quatre heures, si vous voulez; il est trois heures passées, c'est cinquante minutes que je vous demande, est-ce trop, monsieur?

Le rapporteur s'inclina et sortit. Le général voulut le suivre.

— Ne vous reverrai-je plus, Nunziante? dit Murat. — Mes ordres m'enjoignent d'assister à votre mort, sire, mais je n'en aurai pas la force. — C'est bien, général, c'est bien; je vous dispense d'être là au dernier moment; mais je désire vous dire adieu encore une fois et vous embrasser. — Je me trouverai sur votre route, sire. — Merci. Maintenant laissez-moi seul. — Sire, il y a là deux prêtres.

Murat fit un signe d'impatience.

— Voulez-vous les recevoir? continua le général. — Oui, faites-les entrer.

Le général sortit. Un instant après les deux prêtres parurent au seuil de la porte; l'un se nommait don Francesco Pellegrino : c'était l'oncle de celui qui avait causé la mort du roi, et l'autre don Antonio Masdea.

— Que venez-vous faire ici? leur dit Murat. — Vous demander si vous voulez mourir en chrétien. — Je mourrai en soldat. Laissez-moi.

Don Francesco Pellegrino se retira. Sans doute, il était mal à l'aise devant Joachim. Quant à Antonio Masdea, il resta sur la porte.

— Ne m'avez-vous pas entendu? dit le roi. — Si fait, répondit le vieillard; mais permettez-moi, sire, de ne pas croire que c'est votre dernier mot. Ce n'est pas pour la première fois que je vous vois et que je vous implore; j'ai déjà eu l'occasion de vous demander une grâce.

— Laquelle? — Lorsque Votre Majesté vint au Pizzo, en 1810, je lui demandai 25,000 francs pour faire achever notre église; Votre Majesté m'en envoya 40,000. — C'est que je prévoyais que j'y serais enterré, répondit en souriant Murat. — Eh bien! sire, j'aime à croire que vous ne refuserez pas plus ma seconde prière que vous ne m'avez refusé la première. Sire, je vous le demande à genoux.

Le vieillard tomba aux pieds de Murat. — Mourez en chrétien! — Cela vous fera donc bien plaisir? dit le roi. — Sire, je donnerais le peu de jours qui me restent pour obtenir de Dieu que son esprit vous visitât à votre dernière heure. — Eh bien! dit Murat, écoutez ma confession : Je m'accuse, étant enfant, d'avoir désobéi à mes parents; depuis que je suis devenu un homme, je n'ai jamais eu autre chose à me reprocher. — Sire, me donnerez-vous une attestation que vous mourez dans la religion chrétienne? — Sans doute, dit Murat; et il prit une plume et écrivit : « Moi, Joachim Murat, je meurs « en chrétien, croyant à la sainte Église catholique, « apostolique et romaine. » Et il signa. — Maintenant, mon père, continua le roi, si vous avez une troisième grâce à me demander, hâtez-vous, car dans une demi-heure il ne serait plus temps. En effet, l'horloge du château sonna en ce moment trois heures et demie.

Le prêtre fit signe que tout était fini. — Laissez-moi donc seul, dit Murat. Le vieillard sortit.

Murat se promena quelques minutes à grands pas dans la chambre; puis il s'assit sur son lit et laissa tomber sa tête dans ses deux mains. Sans doute, pendant le quart d'heure où il resta ainsi absorbé dans ses pensées, il vit repasser devant lui sa vie tout entière, depuis l'auberge d'où il était parti jusqu'au palais où il était entré; sans doute son aventureuse carrière se déroula pareille à un rêve doré, à un mensonge brillant, à un conte des *Mille et une Nuits*. Comme un arc-en-ciel, il avait brillé pendant un orage, et, comme un arc-en-ciel, ses deux extrémités se perdaient dans les nuages de sa naissance et de sa mort. Enfin, il sortit de sa contemplation intérieure et releva son front pâle, mais tranquille. Alors il s'approcha d'une glace, arrangea ses cheveux : son caractère étrange ne le quittait pas. Fiancé de la mort, il se faisait beau pour elle.

Quatre heures sonnèrent. Murat alla lui-même ouvrir la porte. Le général Nunziante l'attendait. — Merci, général, lui dit Murat : vous m'avez tenu parole; embrassez-moi, et retirez-vous ensuite si vous le voulez.

Le général se jeta dans les bras du roi en pleurant et sans pouvoir prononcer une parole : — Allons, du courage, lui dit Murat; vous voyez bien que je suis tranquille.

C'était cette tranquillité qui brisait le courage du général! Il s'élança hors du corridor et sortit du château en courant comme un insensé.

Alors le roi marcha vers la cour : tout était prêt pour l'exécution. Neuf hommes et un caporal étaient rangés en ligne devant la porte de la chambre du conseil. Devant eux était un mur de douze pieds de haut; trois pas avant ce mur était un seuil d'un seul degré : Murat alla se placer sur cet escalier, qui lui faisait dominer d'un pied à peu près les soldats chargés de son exécution. Arrivé là, il tira sa montre, baisa le portrait de sa femme, et, les yeux fixés sur lui, il commanda la charge des armes. Au mot : Feu! cinq des neuf hommes tirèrent : Murat resta debout. Les soldats avaient eu honte de tirer sur leur roi; ils avaient visé au-dessus de sa tête.

Ce fut peut-être en ce moment qu'éclata le plus magnifiquement ce courage de lion qui était la vertu particulière de Murat. Pas un trait de son visage ne s'altéra, pas un muscle de son corps ne faiblit; seulement, regardant les soldats avec une expression de reconnaissance amère :

— Merci, mes amis, leur dit-il ; mais, comme tôt ou tard vous serez obligés de viser juste, ne prolongez pas mon agonie. Tout ce que je vous demande, c'est de viser au cœur et d'épargner la figure. Recommençons

Et, avec la même voix, avec le même calme, avec le même visage, il répéta les paroles mortelles les unes après les autres, sans lenteur, sans précipitation, et comme il eût commandé une simple manœuvre ; mais cette fois, plus heureux que la première, au mot : Feu! il tomba percé de huit balles, sans faire un mouvement, sans pousser un soupir, sans lâcher la montre qu'il tenait serrée dans sa main gauche.

Les soldats ramassèrent le cadavre, le couchèrent sur le lit, où dix minutes auparavant il était assis, et le capitaine mit une garde à la porte.

Le soir, un homme se présenta pour entrer dans la chambre mortuaire : la sentinelle lui en refusa l'entrée ; mais cet homme demanda à parler au commandant du château. Conduit devant lui, il lui montra un ordre. Le commandant le lut avec une surprise mêlée de dégoût ; puis, la lecture achevée, il le conduisit jusqu'à la porte qu'on lui avait refusée.

— Laisser passer le seigneur Luidgi, dit-il à la sentinelle. La sentinelle présenta les armes à son commandant. Luidgi entra

Dix minutes s'étaient à peine écoulées, lorsqu'il sortit tenant à la main un mouchoir ensanglanté. Dans ce mouchoir était un objet que la sentinelle ne put reconnaître.

Une heure après, un menuisier apporta le cercueil qui devait renfermer les restes du roi. L'ouvrier entra dans la chambre ; mais presque aussitôt il appela la sentinelle avec un accent indicible d'effroi. Le soldat entre-bâilla la porte pour regarder ce qui avait pu causer la terreur de cet homme. Le menuisier lui montra du doigt un cadavre sans tête.

A la mort du roi Ferdinand, on retrouva dans une armoire secrète de sa chambre à coucher cette tête conservée dans de l'esprit-de-vin.

Huit jours après l'exécution du Pizzo, chacun avait déjà reçu sa récompense : Trenta Capelli était fait colonel, le général Nunziante était créé marquis, et Luidgi était empoisonné.

FIN.